Alfa y el bebé sucio

Alfa y el bebé

BROCK COLE

Traducción de T. Gottlieb

MIRASOL · *libros juveniles*

FARRAR, STRAUS & GIROUX · NEW YORK

sucio

CHILDRENS ROOM

Original title: *Alpha and the Dirty Baby*
Copyright © 1991 by Brock Cole
Spanish translation copyright © 1991
by Farrar, Straus and Giroux
All rights reserved
Library of Congress catalog card number: 91-12755
Color separations by Imago Publishing Ltd.
Printed and bound in the United States of America
by Horowitz/Rae Book Manufacturers
Designed by Martha Rago
First Mirasol edition, 1991

para
June y Charlie

—Pero ¿cómo es posible?—le dijo el papá a la mamá de Alfa—. ¡Te olvidaste de lavarme el camisón de dormir!

—¡Lávalo tú, perezoso!—le contestó la mamá, que tenía millones de cosas que hacer.

Al papá le dolió escuchar eso.

—Está bien—dijo—. Ya veo que no me quieren en esta casa. Estoy decidido a irme de aquí y alistarme en la Marina. —Y se fue al sótano a fumar su pipa.

—¡Oh, sí! después se van a lamentar si me alisto en la
Marina y mi barco se hunde —refunfuñó entre dientes—.
Pero eso es lo que voy a hacer. Que me lleve el diablo si no
lo hago.

Lo cierto es que fue una imprudencia decir eso justo cuando
había un diablillo escondido detrás de su sillón.

—¡Como usted diga!—dijo el diablillo; y, antes de que el papá alcanzara a decir que lo había dicho sin querer, lo metió a la fuerza en un carbón.

Pero a un diablillo nunca le basta con hacer una sola maldad cuando puede hacer otra.

El diablillo se estiró y se fue inflando hasta quedar del tamaño del papá, y se apretó la cara regordeta hasta dejarla parecida a la del papá.

Luego se puso su ropa, y de un salto salió del sótano y entró
en la cocina.

Alfa le dio una sola mirada y tironeó la falda de su mamá.

—¡Ese no es mi papá! —le dijo.

Pero su mamá no quería ni mirarlo.

—Voy al gallinero a buscar huevos para hacer un bizco-chuelo. Y no me importa nada si ese tonto se mete a la Marina y se ahoga.

Eso era justamente lo que la esposa del diablillo quería oír.

Agarró a la mamá y, sin que la pobre pudiera siquiera par-
padear, la metió a la fuerza en un huevo verde.

Luego se estiró y se fue inflando hasta quedar del tamaño
de la mamá, y se apretó la cara regordeta hasta dejarla parecida a la de la mamá y después se puso su ropa.

Volvió corriendo a la cocina, llevando con ella a su bebé
sucio.

—¡Mira! —dijo papá diablillo—. Aquí está tu mamá y te ha traído una nueva hermanita.

Mamá puso al bebé sucio delante de la cara de Alfa.

—¡Abrázala! ¡Bésala! ¡Quiérela mucho! ¡Quiérela mucho! —gritaban mamá y papá diablillos mientras bailaban por la cocina.

«Ésta no es mi mamá», pensó Alfa. «Y ésta no es mi nueva hermanita». Pero no dijo ni una sola palabra. ¡Ya llegaría su oportunidad!

¡Qué desorden hicieron esos diablillos!

—Alfa, saca las cenizas de la estufa—le dijo papá
diablillo—. El piso está demasiado limpio.

—Alfa, úntale grasa a estos platos —le dijo mamá diablillo—.
Están tan brillantes que me puedo ver en ellos.

¡Pobre Alfa! Tuvo que deshacer las camas y entrar la basura. Pero seguía sin decir una sola palabra; ni siquiera dijo nada cuando papá diablillo tiró al piso toda la ropa que su mamá había lavado.

—¡Mira, mamá!—dijo papá diablillo—. Aquí está mi camisón de dormir. ¡Y ya está sucio!

—Entonces tendríamos que acostarnos—le dijo mamá diablillo; y los dos se fueron a acostar. Ni siquiera se lavaron los dientes.

Eso era lo que Alfa había estado esperando.
Empezó por lavar los platos y barrer el piso.

—¡Mamá, mamá!—chilló el bebé sucio—. ¡Alfa está limpiando casa!

—¡Alfa, deja de limpiar! —le grito mamá diablillo desde el
dormitorio— o te voy a pegar...

Pero Alfa siguió limpiando.

Echó toda la ropa sucia a remojar en la cuba del lavado, hasta la ropa del bebé sucio.

—¡Mamá, mamá! —chilló el bebé sucio—. Ahora Alfa está lavando mi ropa.

—¡Eres mala, Alfa! —le gritó mamá diablillo desde arriba—. ¡Más vale que no sigas! ¡No te lo voy a repetir!

Pero Alfa seguía limpiando.

Sacó la vieja tina del cobertizo, y la llenó con agua y jabón de glicerina.

Después metió al bebé sucio a la tina.

—¡Mamá, mamá! —chilló el bebé sucio—. Ahora me está lavando *a mí*.

—¡No toques a mi bebé sucio! —gritó mamá diablillo y bajó las escaleras de dos en dos escalones junto con papá diablillo.

Pero no pudieron hacer nada, por temor a que las manos les quedaran limpias si las metían en el agua jabonosa.

—¡Oh, Alfa, niña perversa! —le dijo papá diablillo —¡devuélvenos a nuestro bebé!

—Primero tráiganme a mi papá y a mi mamá —les dijo Alfa y empezó a lavarle el pelo al bebé sucio.

—¡Sí! ¡Sí! —gritaron el diablillo y su esposa, y corrieron a buscar el pedazo de carbón y el huevo verde donde estaban encerrados el papá y la mamá de Alfa.

Entonces los echaron a la tina y así se rompió el maleficio.

—¡Ahora devuélvenos a nuestro bebé sucio! — dijo mamá diablillo.

—¡Tómenlo! — gritó Alfa. Y lanzó al bebé sucio al aire. —¡Y no se atrevan a volver nunca más, diablillos sucios!

Mamá y papá diablillos agarraron al bebé a la carrera y saltaron la cerca. Y no han vuelto nunca a la casa de Alfa, ni una sola vez.